AF354263

CRÓNICA DE UN REGRESO

LAIA DOBAO SÁNCHEZ

CRÓNICA DE UN REGRESO

EXLIBRIC

ANTEQUERA 2019

LAIA DOBAO SÁNCHEZ

CRÓNICA DE UN REGRESO

Se querían. Sabedlo.
Vicente Aleixandre

ESCAPE

Me voy arrancando cada esquirla
clavada en mi piel
con el mimo que requieren
los cristales de un alma rota.

Salen a borbotones
palabras, imágenes, versos…
que cobran vida en mi libreta
y en la mente de quien los lee.

Es la única manera
de seguir respirando
con el ancla atada a los pies
y enterrada en el abismo.

INICIO

Procuro entenderte, comprenderte,
saberte, descifrarte, intuirte…
Pero, dime, ¿cómo regresa
a la jaula
      el pájaro
que ha descubierto el cielo?

CENIZAS

Uno de mis peces
sopló nuestras cenizas.
Y no prendieron.
Y no sabes cómo dolió.

LIBEROSIS

Qué razón tenías cuando me dijiste
acabarás escribiéndome.
Cómo sabías el hueco que ibas a dejar
y las pocas explicaciones que darías…

No he sido capaz de revivirte
a herida abierta.
He tenido que masticarte, digerirte,
vomitarte… y recogerte de nuevo.

Aunque sigues palpitando,
estás dormido
como el monstruo de una pesadilla infantil,
el instinto del león enamorado de la oveja.
Es mejor que te quedes así,
anestesiado:
la única manera posible de cicatrización
sin que escueza, sin que sangre.

AMEONNA

Las horas pasan, nubladas, eternas,
como cuando un niño se pierde.
Con el mundo detenido a mi favor,
llega la noche y todo enmudece.
Camino sola, hambrienta, débil,
torpe, ciega, sorda… dormida.
La angustia aprieta y ahoga,
condena mi boca al destierro.
Me quedo sin aire, no respiro
y me lamo la mano para ver
si con un poco de suerte
la lluvia me acaba envolviendo.

AGOSTO

La tarde que decidiste irte
fue la más fría de todo agosto.
Empezó a nevar en la bahía
pero los locos seguían bañándose.
Locos…

Aquella misma tarde,
tus ojos vacíos de rabia
se quedaron enquistados
dentro de mis pulmones.
Vacíos…

Yo no lloré.
La pena había calado
dentro de mí
buscando el fondo.
Pero no encontró nada.

Buscó, buscó, buscó…
Encontró una lágrima
en la punta de mi talón
y la guardó pensando
que quizás era la última.

CLÁSICO

Me mordiste el alma
y nos desterraron
de aquel hostal
que tú creías paraíso.

Me abriste el corazón
y se desataron
todos los pecados
que no se conocían.

Lo robaste todo sin prisa
y me quedé sola
tejiendo a destajo
tu retorno interminable.

SINCERICIDIO

Voy maquillándome la cara
y de repente aparecen
todas las caricias que me diste
aquella tarde de primavera.

Cada una de ellas
me recuerda lo ilusa que fui
al creer que en tus ojos
siempre sería mariposa.

Pero no me arrepiento.
Dependí de ti
como dependen los niños
del latir de sus madres.

INDIFERENCIA

Tenías mi cabeza
presa de tus maneras,
de tus susurros,
de tus gestos,
de tu caos perfecto.

Qué importaba esperarme
una hora en el coche,
dos en el tren
o tres en el aeropuerto
si la recompensa era
mirarte, rozarte, sentirte…
un poco más cerca.

Qué más daba creerme
estrella en tu constelación,
arena en tu playa
o peca en tu espalda
si al final
siempre cogías la maleta
cargada de sueños
hacia Nunca Jamás
con ganas bárbaras de crecer.

Qué importaba…
Si yo nací en una familia
de rebeldes
que amaron así,
locos.

MELANCOLÍA

A veces miro atrás y te veo sonreír,
igual que después del primer beso.
Las estrellas me miraban justo a los ojos
y mi corazón helado se derretía
sin opción a freno, sin retorno.

Hoy, todo vuelve a su lugar.
El invierno ha calado en mis venas,
el cielo no brilla aunque sea de día
y tú…
      Tú te has quedado así. En mí.

LOCA

Bendita locura la tuya
que electrizaba mis sentidos
y me convertía
en la mujer más cuerda del mundo.

ZARANDEO

A veces el viento perfumado
me devuelve un espejismo
disfrazado de rostro pálido,
alterando la tierra firme
que navega en mis instintos.

MUERTE

Atardecía en el puerto
y el arrebol
se colaba entre mis manos
y los marineros
silbaban la llegada de la luna.

Se oía la risa incómoda
de un niño loco por vivir
y el beso chirriante
de dos enamorados
que no temen al engaño.

Las piedras del camino
hasta el faro
no dejaban de tambalearse
porque ya no sentían
tus zapatos.

El agua todo lo mataba…
Nuestro lugar
no era el mismo
desde que tu dedo
no me señala el horizonte.

VAIVÉN

De repente me miro:
un pájaro que busca
el calor del bosque europeo,
una ballena que anhela
el amor oceánico del sur,
una cebra que recuerda
el sabor del agua africana.

Qué larga es la espera
de unos besos perdidos,
de unos abrazos robados,
de un retorno prometido

que no llega.

MENTIRAS

No es cierto que existe el olvido
–¿por qué vuelve sino tu recuerdo
en cada sueño?–,
ni que un clavo saca a otro
–mucho menos si lo tienes
remachado en el alma–,
ni que el tiempo todo lo cura
–si desde agosto las estaciones
proclamaron la huelga indefinida–.

No… No es cierto nada
de lo que me vendieron.
O quizá agosto prefiere seguir clavado
para dejarme soñar
con un olvido absurdo.

FALTA

Creo que me dejé
una parte de mí
en ti.

No entiendo
de otra forma
mis ansias de regreso.

HILO

El mundo es una telaraña
tejida con hilos que unen
cada una de las almas
que deambulan por él.

¿Y sabes qué?
Me contaron que el nuestro
es rojo,
que por mucho que lo estires
no se rompe,
que por mucho que lo enredes
se desenreda.

Quizá por eso nuestras almas
no dejan de buscarse.
Para comprobar
que no se ha desteñido.

ESTRIPTIS

Me desnudé entera
delante de una ventana abierta
sabiendo que todos me miraban
pero solo me veías tú.

Relucía detrás de un cristal frío
dejando a la vista
cada una de mis espinas
clavadas en pétalos secos.

Me las fui quitando
una a una
hasta que el suelo
se llenó de rosas insípidas.

Me veías.
No podías evitarlo.
No podías escapar.
Demasiado tarde.

Me tomaste magullada,
pero supiste cicatrizar
cada hueco de mi cuerpo
hasta convertirme en rosal rociado.

VOCES

Se me rompe el maquillaje
cuando los demonios
se apoderan de ti
hasta convertirte
    en uno de ellos.

Se me rompe la cabeza
cuando pienso
que los que dicen quererte
detestan
    que sueñes conmigo.

Se me rompe el corazón
cuando fracaso
intentando hacerte volar
sin verdes
    que truquen tus sentidos.

Se me rompe el alma
cuando me besas
con las mejillas mojadas
alegando
    que quizá es mejor así.

Se me rompe la vida
cuando me doy cuenta
de que las sirenas
han aprendido a cantar
    mucho mejor que yo.

KILIG

Aquella noche de luna azul
cerrabas los ojos al besarme,
buscando en tu sangre
una forma de frenar
todo aquello
que no querías decirme
por miedo a quedarte
desnudo ante mí.

Cerrabas los ojos
preso del vértigo,
olvidando que mis brazos
siempre evitaron tu caída.

DOLOR

Te presentas aquí
entero, rehecho, firme.
Me miras.
Y tiemblas.
Y me creo más
fuerte, segura, capaz.
No te lo puedo negar:
el dolor fue inevitable,
necesario para entender
como te apretaban
los cordones del pie.
Me presento así,
ante ti,
para que puedas amarme
nueva, viva, mujer.

INOCENTE

Aún no se ha derretido
la nieve de tus zapatos
y ya has incendiado
las cuatro paredes
que encierran mi vida.

En cada una de tus huellas,
se ha postrado una mariposa,
como queriendo hacerle el amor
a ese arcoíris que refleja el suelo,
ignorando que el frío
puede matarla.

Ilusa, cándida, boba…
La nieve, al final,
siempre se derrite.

ABRAZO

No eres consciente
de lo que le dolía a mi corazón
no encontrarse con el tuyo
a la vuelta de la esquina.
Qué poco importaba
que los brazos y las costillas
se interpusieran entre ellos
si tu calor era capaz
de traspasar seis capas de piel
e ir directo a su sangre,
si los pulmones bailaban
a doble tempo
                    y los pies seguían ciegos el compás.

COSMOS

En aquel banco
las órbitas de los planetas
se alinearon
para que tu boca y la mía
coincidieran
y vimos explotar
la más virgen de las supernovas,
nos llenamos la boca
de polvo estelar
hasta emborracharnos
y el universo entero
se nos quedó corto.

ATARDECER

Me balanceo en tu sonrisa
mientras el viento se duerme,
las nubes nos dejan solos
y el sol se despide.

A lo lejos, un gato se sonroja
cada vez que nos besamos
y me sujetas la vida
con tus manos temblorosas.

Echaba de menos
verte feliz, indestructible
como un niño
sin miedo.

NOVIEMBRE

Las luciérnagas dormían
mientras nuestro sudor pintaba
un corazón nervioso en los cristales
y nuestras manos enloquecían
queriendo encontrarse
para perderse viendo nacer el sol.

Cuando se despertaron,
el corazón se había borrado
pero mis manos habían encontrado
el camino de vuelta a casa.

MERAK

Salí a la calle
desde tu ventana
llena de amor
y esperanza,
como quien no le teme
a lo que esconden los mares.

Desde tu habitación,
habíamos visitado
las ruinas de Roma
—que si la lees al revés
lleva tu nombre—
con la prisa de siempre.

Para qué correr,
si al final acabábamos igual:
enredados en unas sábanas
que guardaban nuestra esencia
desde hacía cincuenta lunas
y más de quinientos soles.

Y qué bonito…
Qué bonito ese silencio de después
en el que solo tú y yo
nos sentimos cómodos,
en el que lo único que quiero escuchar
es tu respiración pausada,
tu corazón en mi oreja,

mientras mi mejilla
te pide a gritos
encontrarse con tus labios
en ese beso melancólico
que desea hacer infinito.

Salí a la calle así,
pensando que aquella noche
habíamos vuelto
a salvar el mundo
y que quizá solo por eso
las estrellas brillaban de nuevo.

OLAS

Nado entre las sábanas
que ayer se mecían
al ritmo de nuestro
oleaje libre.

Nado en ellas
sin importar que estén manchadas
de esa vida por la que yo moría
sin importar el resultado.

Nado fuera de ellas
como pez en la tierra,
y me ahogo.

Mis branquias solo sobreviven
en tu fosa abisal
llena de luz y de burbujas.

MARZO

Contigo pude comprobar
qué se siente
cuando sueñas despierta.

Cada uno de tus susurros
me llevaba aún más lejos,
hasta que llegué a ti.

Entonces me entró el miedo
de una despedida,
de un adiós,
de una vez…
      última.

Mi cabeza quería huir,
lejos, muy lejos…
Pero mi corazón había encontrado,
por fin,
aquel latir que le seguía el baile
y no le pisaba los pies.

Ahora, dime,
aunque fuera un sueño,
cómo le despierto
si es inmune a los pellizcos.

ABRIL

Abril nos sorprendió
entre sábanas mojadas
llenas de besos acelerados
y abrazos interminables.

Querías quedarte con mi olor
para poder dormir
sin pesadillas
hasta mi regreso.

Lo que tú no sabes es
que guardé cada palabra,
suspiro, caricia, gesto…
como si fuera el último,
queriendo recordarte siempre
con ese brillo tan especial
que envolvía a esa sonrisa
discreta, inocente, niña…
que me pedía
no te marches nunca,
no todavía,
no sin mí.

BESO

He soplado tantas
flores, velas, estrellas…
pidiendo el mismo deseo
que se me cumple
cada vez
que me sujetas
suavemente la barbilla
y la acercas a la tuya
y se moldea
descubriendo la forma
de tus labios.

ABRÁZAME

Abrázame.
Hasta que rompas
todas las verjas
que encierran
mi alma.

Hasta que tus labios
repasen mi frente
buscando contener
cada una de mis lágrimas.

Hasta que explote
cada una de las estrellas
del universo
y pinte tu nombre en el cielo.

Hasta que los pájaros
le pierdan el miedo al vuelo
y el mar endulce
cada costa, cada playa.

Abrázame.
Libre.
Valiente.
Radiante de luz.
Convertido en hogar.

(NO)RENUNCIA

Te lamentas dulcemente
porque has dejado
de ser tú,
para pasar a formar
parte de nosotros.

Te pido, por favor,
que no lo hagas:
nosotros ha dejado
de tener sentido
si ya no eres tú,
en esencia,
quien le completa.

BITÁCORA

Cada uno de tus pasos
dibuja un mapa
que me hace viajar
allí donde el sol se duerme
y la luna le contempla

                embrujada.

Qué fácil es ser valiente
sabiendo que no voy
a perderme nunca
si encuentro cada estrella
con la brújula de tus manos

                firmes.

DEUDA

Pienso convertirme en todo lo que pidas
cada vez que te dé miedo
cruzar el puente con los ojos abiertos.

Pienso parar cada uno de los golpes
cada vez que la tormenta
azote tus cimientos sin piedad.

Pienso ser tu faro noche y día,
cada vez que te pierdas
sin saber encontrarte de nuevo.

Pienso amarte así, entera,
porque fuiste tú quien me enseñó
a brillar con luz propia.

VIDA(S)

El gato perdió el mundo
mientras cazaba estrellas
colgado de tu sonrisa
y tú le regalabas mil sensaciones
que le erizaban cada bigote
sin permiso ni prisa.
Así ganó una vida entera
mientras decidía
que vendía las otras seis
si tú no estabas en ellas
y él no maullaba a tus
ojos antes que a la luna.

FE

Cuando me di la vuelta
estabas detrás
y te pillé
mirándome
como reteniendo
     para siempre
mi imagen
cubierta de luz
reflejada en la ventana.

Me mirabas
con la delicadeza
de quien no quiere
despertar al bebé que duerme,
al hijo que sueña,
a la joven enamorada.

Entonces entendí
que el caos estaba en orden,
que la luna se había acostado con el sol,
que el infinito se había acabado
y que tú,
querido mío,
te habías convertido
en un mar sin dudas,
en una estrella fugaz eterna,
en la fe
     en la que siempre me refugio
     a la que siempre rezo.

Índice